C'est la vie, Julie !

Évelyne Reberg habite en Côte-d'Or. Professeur de lettres, puis bibliothécaire, elle est l'auteur de nombreuses histoires pour enfants.

Du même auteur dans Bayard Poche :
Les crétins punis - La zip-zip magique - Binvoui le robot (Mes premiers J'aime lire)
La vieille dame et le fantôme - La bibliothèque ensorcelée - Crapotin - P'tit Jean et la sorcière- Le château hanté - L'auto fantôme - Hurlenfer - Les cinq fantômes - Bouboul Maboul - Le sifflet du diable - L'arbre aux secrets - Ma mémé sorcière - Mon copain vampire - Le mariage de mémé sorcière (J'aime lire)

Boiry (pseudonyme de Véronique Cau) est née en 1948 à Toulon. Elle consacre son temps à l'illustration de livres pour enfants.

Du même illustrateur dans Bayard Poche :
Mystère dans l'escalier (Mes premiers J'aime lire)
C'est dur d'être un vampire - Une nuit au grand magasin - Les yeux de Salska - En route, petit frère ! - L'arbre et le roi - Drôle de rencontre en Poisonie - Les treize chats de la sorcière (J'aime lire)

Quatorzième édition

Dépôt légal : mars 2003
Loi du 16 juillet 1949 sur les publications destinées à la jeunesse.

C'est la vie, Julie !

Une histoire écrite par Évelyne Reberg
illustrée par Boiry

BAYARD POCHE

Un départ en fanfare

Je m'appelle Julie, et je vais vous raconter le jour le plus affreux et le plus merveilleux de toute ma vie.

C'était un jeudi, le jour où c'est mon tour de faire les courses. C'est pour ça que je m'en souviens.

Les histoires ont commencé dès le matin. Moi, de toute façon, je n'aime pas tellement le matin. Maman n'est jamais là, elle s'en va tôt faire des ménages dans les bureaux. Papa, je le vois à peine, il part à l'usine quand je me lève. Alors, à la maison, c'est pire qu'un tremblement de terre. Parfois on s'amuse comme des fous, mais la plupart du temps tout le monde s'énerve.

Justement, dans notre chambre, mon frère Cédric était en train d'embêter ma petite sœur Bibiche. Elle criait de sa voix perçante :

– Il a déshabillé ma poupée ! Elle est toute nue !

Quel poison, ce Cédric ! Il embête toujours les filles, c'est un vrai ouistiti. J'ai profité de la bagarre pour faire mon lit et cacher ma boîte à trésors sous les draps, comme tous les jours. Bibiche s'est mise à tirer sur les couvertures du ouistiti, ça faisait un sacré chantier !

Je suis vite allée me planter devant la salle de bains et j'ai crié :

– Sylviane ! T'es là depuis cinquante heures au moins ! Ouvre ! Je veux me laver.

Mais Sylviane écoutait sa radio, et avec tout ce bruit elle a fait semblant de ne pas entendre. Elle se croit tout permis parce qu'elle est la grande sœur. Moi, je sais bien ce qu'elle fait dans la salle de bains : elle se pavane, elle fait des mines, elle se coiffe les cheveux en avant, en arrière. Elle se prend pour Miss Univers, ma parole !

Je me suis regardée dans la glace du couloir. J'ai peigné mes cheveux raides avec mes doigts, et je me suis dit que j'étais moche avec la vieille

veste de Sylviane : elle n'est plus à la mode, et puis elle est trop longue pour moi. Heureusement, j'ai pensé à papa ; il me dit toujours : « Tu es ma princesse orientale », à cause de mes yeux noirs.

Après, j'ai dû m'occuper de Boubou. C'est le bébé de la famille. Elle s'appelle Ariane en vérité, mais on l'appelle Boubou, parce qu'elle est grosse et qu'elle fait toujours « bou... bou... », en gonflant les joues et en bavant. Je suis sa préférée.

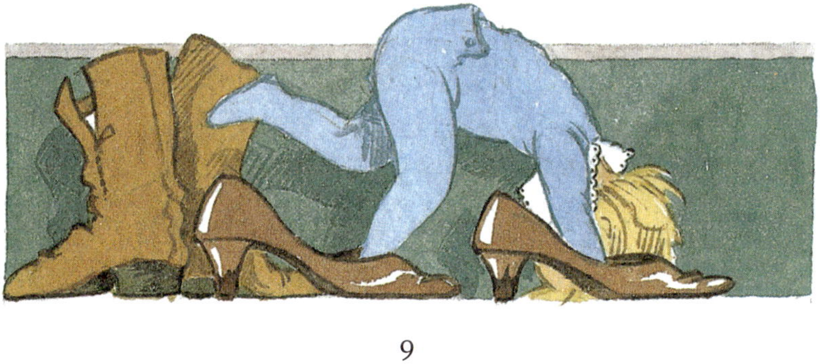

Il faut dire que je la câline, je la fais rigoler, et je suis la seule à comprendre ses bredouillis.

Sylviane l'avait déjà changée, alors je l'ai fait manger, puis je l'ai débarbouillée, et juste quand j'avais tout fini, qu'elle était toute bien propre, elle a pris son assiette à moitié pleine de bouillie, et plaf ! elle l'a mise sur sa tête ! La bouillie a coulé partout, même sur ma jupe.

Quel désastre ! J'ai giflé Boubou, et elle est devenue une drôle de chose toute violette, du genre machine infernale explosive. Pour lui enfiler son manteau, on a dû se mettre à trois. Mon grand frère Thierry l'a ficelée comme un rosbif pour l'amener chez la nourrice.

Au moment où j'allais partir, nouvelle catastrophe : Cédric est venu me tourner autour, avec son air bête des mauvais jours.

Il a pris sa sale petite voix de ouistiti :

– Police ! Police ! Le coffre-fort de mademoiselle Julie Lène a été cambriolé !

Ma boîte à trésors ! Il l'avait fourrée dans sa poche, je la voyais qui dépassait.

J'ai fait un effort pour me retenir de pleurer. J'ai utilisé ma recette : j'écarquille les yeux, et j'avale trois fois ma salive. J'ai lancé à Cédric un tas d'injures, mais je n'avais plus le temps de me battre avec lui. Il était presque huit heures et demie ! Je suis partie à l'école.

J'avais le cafard.

Les mains sales

À l'école, je me suis fait gronder par madame Tournois. Elle m'a interrogée deux fois de suite, c'était injuste ! Alors, forcément, la deuxième fois, j'ai sursauté : je ne savais même pas ce qu'elle me demandait.

Je n'ai pas de chance avec madame Tournois.

Je fais des efforts pourtant, mais elle me guette. Je suis sûre qu'elle m'en veut, à moi, spécialement.

On faisait la lecture à voix haute et, pendant ce temps, je ne pouvais pas m'empêcher de penser à Boubou.

Comme je l'avais fait pleurer ! C'est dur d'aimer une petite sœur, parce que parfois ça donne plein de soucis.

Je pensais aussi à ma boîte à trésors. Dessus j'ai collé de beaux autocollants, et dedans j'ai mis des tas de petits trucs. Il y a la bague bleue offerte par ma marraine, et la seule photo de classe que je possède : on y voit madame Berle, ma maîtresse chérie de l'année dernière. Et je me suis dit : « Pourvu que Cédric n'abîme pas ma boîte dans sa poche ! »

Madame Tournois m'a grondée, parce que je n'écoutais pas. Ensuite elle a demandé :

– Qui veut porter les cahiers de contrôle dans l'armoire, au fond du couloir ?

Je me suis précipitée. J'ai tendu mes mains pour prendre les cahiers. La maîtresse les a regardées, elle a pris un air gêné, et elle a dit

– Ma pauvre Julie ! Tes mains sont bien sales. Et tes ongles ? Fais voir ! Eh bien, dis donc, il faut que tu te laves !

C'était affreux. Bien sûr, c'est Laure Mansot, cette bêcheuse, qui a pris les cahiers à ma place. Moi, je suis restée clouée au sol. J'avais l'impression que tout le monde regardait mes mains. Je n'avais pas de poche pour les cacher, alors finalement je crois que j'ai mis mes doigts dans ma bouche.

J'avais l'air vraiment bête, plantée là. Les élèves riaient et la maîtresse m'a envoyée me laver les mains.

À la récréation, Marc Langlois en a profité. Il s'est mis à crier :

– Julie Lène, Julie vilaine !

Marc, c'est mon voisin de palier. Il se vengeait

parce que je ne voulais plus jouer avec lui depuis qu'il m'avait fait tomber en me poussant dans la cour.

Je lui ai dit :

– Tu te prends pour qui ? Tu n'as pas souvent les mains propres, toi non plus. Et des raclées, tu en reçois, quand ton père est en colère ! On t'entend crier jusque chez moi.

Alors Marc est allé chercher sa bande, et ils se sont mis à chanter autour de moi en battant des mains :

– Julie pas jolie ! Julie pas polie ! Julie la chipie ! Julie la vilaine ! Julie Lène, la reine des châtaignes !

J'ai répondu que j'allais tout raconter à mon grand frère Thierry : il est très fort, il se bagarre au moins vingt fois par jour, et il gagne toujours. Mais les autres ont continué quand même.

J'ai utilisé ma recette pour ne pas pleurer, mais ça n'a pas marché. Je me sentais seule, toute seule, avec le monde entier contre moi. J'avais envie de mourir.

Comme à la télé

À onze heures et demie, je suis sortie bien vite de l'école, sans regarder personne. D'ailleurs, même Sylvie, ma copine, m'avait abandonnée.

Je devais aller au supermarché. Maman m'avait laissé trois euros sur le buffet, avec un petit mot : « Julie, ma puce, n'oublie pas le café. »

J'adore le supermarché. Là, au moins, quand je prends mon caddie, je deviens une personne importante et sérieuse.

Je rêve que je suis une dame élégante, mince, blonde ; je vais rentrer dans mon appartement, celui qu'on voit dans la publicité pour les divans : doux, calme, avec un mari, beaucoup de plantes vertes et deux enfants.

Ce jour-là, je me disais : « Je vais leur acheter... voyons... cinq flacons de shampooing, deux savons de beauté, trois flacons de lait net-

toyant et adoucissant, sept... non... huit flacons de bain moussant ! Je vais bien les astiquer. Il me faut des enfants parfaits ! »

J'ai rempli mon caddie, et puis, bing ! j'ai reçu un coup de coude dans le dos :

– Bonjour, Julie Lène et coton !

C'était encore cet affreux Marc Langlois. J'ai haussé les épaules, mais mon rêve était fini. J'ai refait le tour du magasin, j'ai remis en place les flacons et les boîtes, j'ai pris un paquet de café robusta à deux euros vingt, deux baguettes de

pain et deux boîtes de lait, et j'ai fait la queue à la caisse.

Maintenant, écoutez bien ce qui s'est passé. Derrière moi, il y avait cet idiot de Marc, qui disait des bêtises. Devant moi, il y avait un grand monsieur très chic, avec une petite moustache et un stylo en or qui dépassait de la poche de son veston. J'ai pensé : « Plus tard, j'aurai un mari dans ce genre-là ! »

Le monsieur a tendu un billet de vingt euros. Il avait de belles mains blanches.

La caissière a dit :

– Attendez un instant, s'il vous plaît ! Je n'ai plus de monnaie.

Elle s'est tournée vers sa collègue. Alors, savez-vous ce que j'ai vu ?

Le monsieur chic a plongé sa main dans la caisse, il a attrapé tous les billets de vingt euros. Il a fait ça très, très vite. Il a glissé les billets dans sa manche, comme un magicien. Puis, tout tranquillement, sans se presser, il a pris sa monnaie et il est parti.

Big Bong

J'étais toute retournée, je ne savais pas quoi faire. Je n'aurais jamais pensé qu'un monsieur aussi chic puisse être un voleur ! Ça non, alors ! J'ai payé sans m'en rendre compte, je n'ai même pas compté ma monnaie, je ne savais plus ce que je faisais. Soudain, j'ai entendu un cri :

– Au voleur ! Au voleur ! On a volé mes billets !

C'était la caissière. J'ai voulu lui expliquer ce qui s'était passé, mais elle était dans tous ses états. Elle a regardé fixement Marc Langlois, puis elle l'a montré du doigt, et elle a dit :

– C'est toi, le petit brun ! Je t'ai repéré ! Ne sors pas !

Une sonnerie a retenti, et Big Bong est arrivé. C'est le gardien du supermarché, la terreur du quartier. On raconte plein de choses terribles sur lui. Quand on tombe entre ses griffes, il paraît qu'on avoue n'importe quoi. On dit que, quand il vous regarde, vous devenez tout raide, et vous ne savez plus du tout ce que vous faites. On dit aussi qu'il est très puissant, qu'il connaît des présidents, ou des gens comme ça.

J'ai eu peur. Je me suis dit : « Sauvons-nous, il va y avoir des histoires ! » Mais je suis restée. On accusait Marc, ce n'était pas juste ! Je ne pouvais pas le laisser tomber. J'ai crié :

– Ce n'est pas vrai ! Ce n'est pas lui !

Une vendeuse s'est approchée de moi, elle m'a tirée par la manche de ma veste en me menaçant :

– Toi, tais-toi, et file ! Sinon, on va t'interroger aussi ! C'est peut-être toi qui as volé, hein ?

Les gens commençaient à me regarder, j'avais une de ces envies de m'enfuir ! Mais j'ai vu Marc : il avait levé le bras pour se protéger, comme si on allait le battre. Il avait l'air tout petit, à côté de l'énorme Big Bong. Et lui qui est si bavard d'habitude, il était devenu complètement muet, terrorisé. Il fallait bien que je le défende, quand même !

J'ai crié très fort :

– C'est pas lui ! Lâchez-le ! Le voleur, je l'ai vu !

Je hurlais, je trépignais comme une folle. Des clients se sont approchés. Une dame en manteau marron a demandé :

– Mais enfin, que leur voulez-vous, à ces enfants ?

J'ai répondu :

– Ils disent que Marc a volé ! Mais c'est faux ! J'ai tout vu !

Tout le monde parlait à la fois. Moi, j'expliquais que j'avais vu le voleur, mais que je ne savais plus vraiment comment il était. La caissière protestait, et Big Bong aussi. Mais les clients étaient tous de mon côté, et le gardien a bien été obligé de relâcher Marc.

Alors ce sacré Marc a retrouvé ses esprits. Il a dit :

– Je vais vous le montrer, moi, que je n'ai rien volé !

Et pour se moquer du gardien, il s'est déshabillé devant tout le monde. Il a montré ses chaussures, son pantalon, et même sa bouche ouverte, et tout le monde riait. Ensuite, nous sommes sortis du magasin, la tête haute, entourés d'une haie d'honneur.

C'était super !

Julie la reine

Quand on s'est retrouvés dehors, Marc m'a posé plein de questions sur le voleur, mais je n'ai pas répondu, parce que c'était mon secret. J'aime beaucoup avoir des secrets, c'est comme ça.

Marc a eu beau insister, il n'a rien su. Tout d'un coup, il m'a dit :

– T'as été chic !

Je n'ai toujours pas répondu : quand on a été méchant avec moi, je ne l'oublie pas si vite ! Alors Marc a continué :

– Tu as été drôlement courageuse de t'attaquer à Big Bong ! Tu as vu le bazar que tu as semé ?

Je n'ai toujours pas voulu répondre. Je n'étais presque plus fâchée, mais encore un petit peu tout de même. Marc s'est mis à me parler de plus en plus gentiment.

– Avant, tu sais, Julie, je te prenais pour une poule mouillée. Tu criais dès que je te taquinais.

Mais, c'est promis, je ne t'embêterai plus. Je trouve... enfin... tu... tu es... vraiment...

Alors j'ai éclaté de rire. J'étais rudement contente, rudement fière. J'avais même envie de faire une bise à Marc. Mais je lui ai dit seulement :

– Salut ! Maman attend les commissions ! À cet après-midi !

Et j'ai couru à la maison, pour leur raconter.

À midi, il n'y a que maman et les petits. C'est bien. Papa et les grands ne sont pas là pour nous couper la parole. J'ai pu tout raconter, avec tous les détails.

Pour une fois, maman m'écoutait vraiment. D'habitude, elle fait : « Ah bon ? »

Mais on voit bien qu'elle pense à autre chose, et ça m'énerve !

Cette fois-ci, elle me posait plein de questions. Évidemment, je ne lui ai pas parlé de mes mains sales, elle m'aurait drôlement attrapée. Mais l'histoire du voleur, ça oui, je l'ai même recommencée plusieurs fois, parce que Bibiche n'y comprenait rien.

Maman m'a demandé de décrire le voleur. J'ai dit qu'il avait le crâne complètement rasé et des lunettes noires. Cédric était tellement impres-

sionné qu'il a avalé de travers, et maman a été obligée de lui taper dans le dos. Je voyais bien qu'elle n'en revenait pas.

Ils m'écoutaient tous, sauf Boubou, qui battait la mesure avec sa cuillère pendant que je lui donnais à manger. Je l'ai embrassée. Elle ne m'en voulait pas du tout pour la gifle que je lui avais donnée le matin. Elle m'a même fait un gros baiser claquant, plein de purée.

Cédric était de mauvaise humeur. Il n'a pas voulu manger son dessert. Il s'est levé de table en criant :

– J'en ai assez de tes histoires !

Puis il a ajouté :

– Ta boîte à trésors, j'ai vu ce qu'il y avait dedans ! Et je l'ai cachée ! Tu ne la trouveras jamais !

Mais ça m'était bien égal maintenant, et j'ai répondu :

– Eh bien, garde-la ! Si tu savais ce que je m'en moque !

Du coup, Cédric était tout étonné. Il m'a lancé la boîte à la figure, et il est allé lire dans la chambre.

L'après-midi, quand je suis arrivée à l'école, Marc était en train de raconter notre histoire à Cécile, Nordine, Ahmed et Sandrine. Dès qu'ils m'ont vue, ils m'ont appelée, et je suis venue les rejoindre. Marc gesticulait en parlant du gardien. Il disait qu'il avait vu le revolver de Big Bong dépasser de sa poche. Il disait qu'il avait failli être abattu, et tous les autres tremblaient d'horreur.

Alors j'ai raconté l'histoire à mon tour un milliard de fois. J'ai d'abord dit :

– Vous voulez savoir comment il était le voleur ? Eh bien, il était tout petit, avec une grande barbe rousse !

Mais ensuite, je me suis trompée : j'ai dit qu'il était immense et vêtu en clochard... Heureusement, personne ne s'en est aperçu et j'ai continué mon histoire. Tout le monde m'a crue.

Et moi, je pensais à mon secret. Je me disais : « Mon beau monsieur au stylo doré, je ne l'ai pas trahi ! Je lui ai sauvé la vie. Ah, s'il pouvait le savoir ! »

Les copains me posaient plein de questions, Sylvie aussi, mais j'ai fait semblant de ne pas la remarquer.

Je n'étais plus Julie vilaine, j'étais plutôt devenue Julie la reine ! Je me sentais légère, comme dans un rêve.

En classe, la maîtresse m'a dit d'un ton sévère :

– Julie ! Je te rends ton devoir. Mes compliments pour les taches et les ratures ! Tu écris avec ton nez ?

Tous me regardaient en silence, et j'ai répondu à voix basse :

– Mais non, voyons, j'écris avec mes dents, Madame !

Les copains ont pouffé de rire, Marc le premier, et ils se disaient tous en se poussant du coude :

– T'as entendu ce qu'elle a dit, Julie Lène ? C'était vraiment le jour le plus merveilleux de ma vie. Je ne l'oublierai jamais.

Achevé d'imprimer en août 2005 par Oberthur Graphique
35000 RENNES – N° Impression : 6648
Imprimé en France